Maurice Renard

LE PROFESSEUR KRANTZ

André Semeur, commerçant ; c'est moi. Rien d'un romancier, même amateur. En écrivant cette histoire, je cède, sans plus, à l'invitation qu'on m'en a faite toutes les fois que je l'ai racontée de vive voix. Au reste, peut-être est-il opportun de fixer, en effet, la forme et la couleur d'une aventure singulière entre toutes et plus troublante, en sa réalité, que le plus troublant et le plus singulier des contes fantastiques.

Vais-je en attester l'exactitude ? Inutile. À l'heure voulue, on reconnaîtra aisément que je n'ai rien inventé. Je demande, néanmoins, au lecteur de l'enregistrer dès à présent et de s'en souvenir désormais, s'il le peut ; car ce n'est pas la moindre étrangeté de ce récit d'être, comme on le verra, rigoureusement véridique – d'où il résulte que j'ai respiré, dans l'air de notre vieux monde, l'odeur même d'un prodige.

J'ai connu le professeur Krantz à une époque tragique de mon existence, alors qu'une détresse sans nom, une affreuse angoisse transformait cruellement l'homme heureux que j'avais été jusque-là.

J'étais jeune. Mes affaires prospéraient. L'année précédente, un mariage d'amour – d'amour passionnément partagé – m'avait donné l'immense bonheur qui comblait tous mes vœux. Et soudain – avec une brutalité si rude qu'il me fallut quelque temps pour comprendre de quoi j'étais menacé – Albane, ma femme, fut frappée du mal terrible qui emporte en pleine jeunesse tant d'êtres tout fleuris des roses de la vie.

On était en hiver lorsque les médecins reconnurent à la fois la nature et la gravité de l'atteinte. Ils prescrivirent un long séjour dans le Midi et le départ immédiat d'Albane.

Je partis avec elle pour Nice, travaillant à masquer de mon ancien sourire l'atroce nouveauté d'une métamorphose profonde.

C'est que, pour la première fois, le malheur se dressait devant mes yeux. Pour la première fois, la mort m'apparaissait dans sa toute-puissance dévastatrice, se préparant à me porter le coup le plus effroyable qui puisse abattre un homme. Albane, mourir ! Contre une idée si monstrueusement inadmissible, je sentais jouer en moi des réactions imprévues, vivre sous mon aspect un moi-même dont la souffrance avait changé les rythmes et, si je puis ainsi dire, modifié la composition. Maintenant, j'étais fait de ténèbres et de glace, et j'avais mal dans tout le corps et toute l'âme. La stupeur, la révolte, le désespoir et l'épouvante dominaient tour à tour ma vie intérieure, altérant mes pensées et mes sensations les plus insignifiantes. Aussi bien, n'y avait-il plus de place, dans mon esprit, que pour l'obsession funèbre ; tout ce qui n'était pas d'Albane et de la mort ne faisait qu'y passer, j'en repoussais l'importune distraction. Mon Albane, mourir, à l'âge où l'on est immortel ! J'en étais torturé au point de me demander parfois, dans la solitude, si je n'allais pas, malgré de farouches efforts, succomber à l'abominable besoin physique d'exhaler ma douleur en gémissements et de parcourir ma chambre au hasard, comme pour chercher puérilement un point de l'espace où j'eusse moins souffert, où la conscience des choses se fût assourdie d'un voile bienfaisant.

Un jour, peu de temps après notre arrivée à Nice, je m'aperçus qu'Albane, si douce et si vaillante, se rendait compte de mes angoisses et qu'elle en souffrait aussi. Avec un redoublement de tendresse et de désolation, je la vis s'ingénier à me raffermir, à me rendre l'espoir qui m'avait si complètement abandonné. Feignant elle-même la confiance – se refusant peut-être à désespérer – ce fut à son tour de me prodiguer les réconforts. Elle me dit enfin, quoi qu'il dût lui en coûter, que je ne pouvais pas rester plus longtemps éloigné de ma maison de commerce ; qu'il me fallait retourner à Paris, reprendre mes occupations et recouvrer dans le travail une paix que des alarmes sans fondement m'avaient fait perdre. « Je reviendrais souvent la voir. C'était une mauvaise passe à franchir ; mais tout irait bien, elle en était sûre ; et mon devoir me commandait de ne pas négliger davantage nos intérêts – d'autant que le désœuvrement nuisait, c'était visible, à ma santé morale. »

Je refusai d'abord de rien écouter, incapable d'envisager la perspective d'une séparation, même brève. Mais, les jours suivants, plus attentif à surveiller en Albane l'effet de ma compagnie, je reconnus et mon impuissance à paraître dégagé de toute inquiétude et l'état de tension nerveuse que mes soucis infligeaient à ma pauvre bien-aimée.

Cette observation m'avait donné à réfléchir, quand le médecin d'Albane me prit à part.

– Vous me pardonnerez, dit-il, de vous ouvrir les yeux et de vous demander un sacrifice. C'est pour elle et c'est pour vous que je l'estime nécessaire. Pour elle, à qui le calme le plus complet est indispensable. Pour vous, qui, sans le savoir, courez tout droit aux pires désordres. Restez ici, continuez à vous concentrer, dans l'oisiveté, sur la marche d'une maladie à laquelle vous suspendez totalement votre sort, et je ne vous accorde pas trois semaines de résistance ; vous tomberez malade, vous aussi. Il faut, mon cher monsieur Semeur, vous en aller et vous plonger à corps perdu dans les commandes et les livraisons, les factures et les échéances.

– Mais si je dois la perdre ? m'écriai-je.

Et ma détresse se mêlait d'anxiété ; car jamais encore je n'avais posé nettement cette question redoutable qui ne provoque presque toujours que des réponses vagues, et peut-être le docteur allait-il se laisser prendre à la tournure tant soit peu captieuse que je venais de lui prêter. Je croyais savoir qu'Albane était condamnée ; ou plutôt je le savais, comme si tous les médecins du monde me l'eussent affirmé. Pourtant, la sentence fatale n'avait pas été prononcée, moi présent. Allais-je l'entendre ?

– Je vous dis qu'il faut vous en aller, déclara le docteur en élevant la voix. Il n'est pas de partie perdue tant que les adversaires sont aux prises. Vous n'avez pas le droit de diminuer, dans la plus faible mesure, nos... chances.

J'accueillis avec effroi l'hésitation qu'il avait marquée sur le mot « chances », et je compris ce qu'il entendait par là. « Chance », pour lui, cela signifiait « hasard » ou « providence ».

Je demeurai silencieux, à le fixer d'un regard pénétrant.

Cet homme n'était pas tout à fait un étranger pour moi. Je l'avais rencontré auparavant, à la faveur d'achats qu'il était venu faire à Paris, dans mes magasins. La maison Semeur s'est spécialisée, dès le temps de mon grand-père, dans l'installation de cliniques et d'établissements de santé. Le médecin niçois, comme beaucoup de ses confrères de France et de l'étranger, se fournissait chez moi. Je l'avais reçu et conseillé personnellement. Il en résultait entre nous un je ne sais quoi, un rien qui, d'une nuance assez indéfinissable, facilitait nos relations.

Gêné par mon regard, il reprit avec une certaine précipitation :

– Mesurez la poussée de confiance que vous déterminerez dans l'esprit de Mme Semeur si elle vous voit partir, après cette conversation qu'elle sait très bien que nous avons. Que pensera-t-elle ? sinon que je vous ai dit : « Vous pouvez vous absenter sans crainte, j'en réponds. »

– Me le dites-vous ? demandai-je âprement.

– Oui... fit-il d'un ton évasif.

– C'est-à-dire ? Voyons ! la vérité, de grâce ! De quoi répondez-vous ?

Mis au pied du mur, il se recueillit, cligna les yeux et prononça :

– Je réponds de ceci. Dans un an, quoi qu'il arrive, votre femme sera parmi nous – à moins, bien entendu, qu'elle n'ait été victime d'un de ces aléas auxquels chacun de nous est exposé. Elle sera là, *encore*, et peut-être encore pour de longues, longues années...

Je fis un effort prodigieux.

– C'est bien, dis-je résolument. Puisqu'il en est ainsi, je vous obéirai à tous deux pendant six mois. Dans six mois, je ne céderai plus à personne ; mais demain je partirai pour Paris. Vous me reverrez ici fréquemment, pour quelques heures ; et je veux, chaque jour, un télégramme. Un télégramme précis et sincère, jusqu'à la rudesse.

– Comptez sur moi, dit-il en me serrant la main.

Le lendemain, je tins parole. Mais, à Paris, je ne pus endurer le supplice qui m'attendait. L'absence sinistre d'Albane se creusait en négatif, avec une force extraordinaire, dans l'ambiance de notre vie commune. Tout prenait à mes yeux un aspect funéraire. Le jour était blême, les fleurs étaient hagardes, une étrange gravité s'exprimait partout. Mes amis renoncèrent, avec une promptitude inattendue, à dissiper mon tourment. Seules, mes affaires auraient eu le pouvoir de m'attacher quelque peu ; mais le cadre où je les traitais s'y opposait, de toute la ténacité d'un lieu trop empreint d'habitudes et trop riche de souvenirs.

L'instinct, soudainement, me conseilla de changer d'air, d'aller vivre où rien ne me rappellerait rien et de recourir à la mobilité. Voyager me sembla répondre aux sourdes sollicitations de ma nature surmenée. Je pouvais le faire sans, pour cela, cesser de commercer. Je pouvais parcourir les pays voisins, pour mes affaires, sans manquer ni de recevoir mon télégramme quotidien, ni de me retrouver à Nice environ chaque quinzaine. Je résolus donc de m'adjoindre moi-même au personnel de mes voyageurs. C'est ainsi que je connus le professeur Krantz, de Berlin.

Il dirigeait alors – si l'on peut appeler cela diriger – un kurhaus de moyenne importance, situé dans la Weberstrasse et qui m'était signalé comme une vieille fondation où s'imposait un sérieux renouvellement du matériel.

Je vis là, en effet, l'ensemble le plus démodé, offrant par surcroît tous les indices d'un entretien nonchalant. Et, dans ce vétuste milieu, j'arrivai en présence d'un personnage inoubliable, dont la tenue et la manière d'être correspondaient fort exactement au laisser-aller qui l'environnait.

Seulement, on ne pouvait nier que Krantz fût très beau.

Il était d'âge mûr et de haute taille. Sa maigreur osseuse, avec des angles de charpente, carrait les épaules de sa redingote noire. Son visage, entièrement rasé, se découpait puissamment, fendu par une bouche de silence, aux lèvres minces, et illuminé par des yeux incroyablement clairs, embusqués sous un front splendide et vaste. La broussaille des sourcils se mouvait volontiers au-dessus de ces yeux-là, s'abaissant ou se levant, pour enténébrer les orbites ou bien en effacer dans la pleine lumière la cavité, qui est toujours sépulcrale. Le nez court était robuste, admirablement modelé. Sans doute fallait-il attribuer à cette partie du visage l'attrait certain de la physionomie ; sans doute les yeux et leurs parages en faisaient-ils le charme ; car le front, surplombant la douceur rêveuse et si intelligente du pâle regard – le front, que paraient des cheveux grisonnants relevés à la diable, effrayait un peu. Il vous troublait, comme tout ce qui semble à l'extrême limite de la beauté, de sorte qu'elle ferait place à l'anomalie si les éléments qui la constituent étaient poussés d'une seule ligne dans le sens même où elle s'est réalisée. Quant aux mâchoires de Krantz, équarries de muscles, c'étaient de solides mâchoires allemandes, avançant un menton large, qu'une fossette centrait d'une touche d'ombre.

Tel était Krantz lorsque je me présentai devant lui. Krantz absorbé dans ses pensées. Krantz qu'on eût certainement bien embarrassé en lui demandant à l'improviste quel vêtement il portait et s'il avait, ou non, fait son nœud de cravate.

J'ai su, un peu plus tard, à quel prince de la science j'avais adressé la parole. Sur le moment, si j'entrevis le génie du savant, ce qui me frappa surtout fut son originalité et le merveilleux détachement qu'il professait, à n'en pas douter, pour les vulgaires contingences.

Je lui soumis un plan de rénovation concernant son kurhaus. Mais je m'aperçus, au bout de peu de temps, qu'il m'approuvait sans m'entendre, isolé dans la tour de ses méditations. Je pris alors le parti de le soustraire, pour quelques heures, à cette atmosphère médicale où nous étions et de l'inviter à déjeuner, comme j'en agissais d'ailleurs avec la plupart de mes clients, pour le plus grand profit non seulement de mes affaires, mais encore de ma culture et de ce que je nommerai ma distraction, en dénuant ce terme de tout ce qui peut suggérer l'idée de plaisir.

Car je n'étais toujours que tristesse et angoisse. À l'instant dont je parle, quatre mois s'étaient écoulés depuis que j'avais consenti à me séparer d'Albane ; j'étais retourné à Nice à plusieurs reprises, dans l'intervalle de mes pérégrinations ; et chacun de mes séjours auprès de ma chère malade n'avait fait qu'accroître mes sombres inquiétudes. Les télégrammes qui me parvenaient en tous lieux m'informaient d'un « état stationnaire » auquel je ne me méprenais plus. C'est assez dire quelle consternation je traînais dans les villes d'Europe, quelle lutte je soutenais avec mon cœur pour ne pas faillir à ma promesse, combien d'énergie m'était nécessaire afin d'accomplir, d'une âme brisée, les devoirs d'un chef de maison et les actes d'un businessman.

En ceci pourtant – il est vrai, et j'y reviens – la fréquentation de certains scientifiques me procurait quelquefois d'indiscutables détentes. Où les divertissements eussent échoué, où la gaieté du rire, où même les joies de l'art m'eussent trouvé sur la défensive, hostile et peut-être exaspéré, la séduction de l'intelligence et le prestige du génie relâchaient quelque peu mes nerfs toujours contractés. Ma connaissance des langues étrangères et une bonne formation classique me permettaient de converser avec de grands hommes sans faire outrageusement figure de benêt. Leurs propos m'enlevaient dans des hauteurs sereines où il me semblait respirer l'air pur et pacifiant des cimes. Cela – et rien d'autre – allégeait ma peine un moment, et si je ne cessais de l'apercevoir tout entière, du moins la voyais-je de plus haut.

Le déjeuner avec Krantz fit pâlir toutes mes rencontres précédentes et me précipita dans l'agitation la plus étrange qu'un cerveau pensant puisse jamais connaître.

Surpris d'avoir trouvé dans le directeur d'un établissement aussi modeste un homme d'apparence aussi curieuse, j'avais pris en bon lieu un supplément d'informations. C'est alors que je sus quelle place tenait Krantz parmi les pionniers de la science contemporaine. Il faisait autorité en matière de biologie et de physiologie dans les milieux les plus savants. Mais son nom, attaché à des recherches trop transcendantes pour toucher le public, ne retentissait pas hors des sphères professionnelles où il était pourtant considéré comme l'un des plus grands.

Pourquoi laissait-on Krantz se tirer comme il pouvait des difficultés de l'existence ? Pourquoi les puissants ne songeaient-ils pas à le délivrer de tout souci et à l'extraire de ce médiocre kurhaus qu'il administrait en dépit du bon sens, avec une indifférence magnifique et désastreuse ? C'était là l'une de ces sottises et de ces injustices dont chacun s'indigne à plaisir, mais auxquelles personne ne cherche à remédier. Krantz ne sollicitait jamais rien. Travailleur solitaire, il livrait régulièrement à ses confrères les immenses résultats de son labeur. Et nul ne se préoccupait utilement de procurer à ce distrait, à ce songeur silencieux, à ce génie supérieur incapable de gérer quoi que ce fût, un peu de gloire vive et un peu de tranquillité domestique. On me dit, au demeurant, que son kurhaus périclitait. Malgré l'éminente personnalité du chef, le désordre et l'indigence qu'il y souffrait, sans même en avoir conscience, décourageait ses plus fidèles clients. Il n'était pas fait pour les luttes, de la vie pratique, et, sans ambition, sans amertume, il n'y prenait part que machinalement, perdu dans ses formidables pensées.

Pour tant qu'il m'intéressât, l'idée d'avoir à l'entreprendre sur des questions qui ne pouvaient manquer de l'importuner ne me souriait pas. J'aurais grand-peine – je le sentais bien – à retenir son attention dans l'ordre terre à terre des agencements mobiliers. C'était toute une besogne, dont j'entrevoyais avec une lassitude anticipée les agaçantes difficultés. J'aurais préféré de beaucoup, surtout ce matin-là, traiter quelque bon trafiquant de thérapeutique, un marchand de soins, d'opérations ou de radiographies, bien pénétré des exigences de son négoce, un docteur doublé d'un hôtelier, que j'aurais reçu comme tel, sans y aller par quatre chemins.

J'étais, en effet, déprimé au-delà de toute expression. Les nouvelles de Nice n'avaient apporté à ma mélancolie que l'aliment accoutumé. Et puis le temps se mettait de la partie pour m'abattre. Il faisait sombre. Un brouillard endeuillait d'une fausse nuit la matinée berlinoise. Toute chose, au-dehors, avait l'air de son ombre. Ce midi nocturne opprimait ma tristesse.

J'attendis Krantz pendant une heure, à la table du restaurant fameux où nous avions pris rendez-vous. De guerre lasse, je lui téléphonai. Il m'avait oublié.

Peu après, il apparut, à l'étourdie, incertain, timide et brusque – absent. Royalement absent. L'idée ne lui vint pas de s'excuser. Le menu le laissa indifférent. Je crois bien qu'il avait déjeuné chez lui, Dieu sait comment ! À peine s'il but et mangea. Krantz poursuivait simplement ses méditations, ses recherches et me parla sans s'y appliquer, jusqu'au moment où, tout à coup, il m'engloba, moi et ma hantise, dans le tourbillon de ses pensées.

Jusqu'à ce moment, je demeurai vis-à-vis d'un être qui se divisait (je ne dis pas « dédoublait »), qui consentait par bienséance à garder avec moi un rapport de surface, quitte à prononcer de-ci de-là des phrases inintelligibles fusant de ses ruminations et dont il ne remarquait pas la bizarrerie.

Quand il avait pris place devant moi, sur le velours fastueux de la banquette, il avait souri de toutes ses dents admirables, en fixant sur moi un regard frontal, l'un de ces regards de penseur, qui ne vous voient que des yeux mais non de l'esprit. Et il avait fait allusion – je le suppose du moins – au brouillard.

– Alors, dit-il, le monde sera envahi par des ténèbres si épaisses que nulle lampe humaine ne pourra les vaincre et que toute clarté n'éclairera qu'elle-même.

Je ne pouvais que sourire, moi aussi, et c'est ce que je fis niaisement, sans rien entendre à ce semblant de prophétie, qui était peut-être une citation dont j'aurais dû connaître l'origine – qui était, peut-être et plutôt, un reflet sibyllin et chatoyant des profondeurs où Krantz restait enfoui.

Je crus civil et fort à propos de lui donner sur-le-champ l'impression que ce repas ne serait pas un déjeuner d'affaires, mais que les affaires n'en étaient que l'heureux prétexte ; et je lui dis combien j'étais flatté de mon tête-à-tête avec une sommité de la science, une illustration du siècle.

– Bah ! fit-il en jetant dans l'espace un geste de mépris.

– Je sais que la renommée ne compte pas pour vous, monsieur le professeur. Cependant...

– Bah ! redit-il. La renommée ! Que de gens l'acquièrent, dans l'exercice de leur état, moins par leurs connaissances techniques que par les idées générales dont ils en décorent l'application ! Qui veut acquérir, de son vivant, une honnête renommée, il lui suffit de connaître son métier ; l'idéologie fait le reste. Pfui ! Pfui ! J'ai toujours eu autre chose à faire que d'agir ainsi et d'astiquer mon nom !... Il faut aller vite en besogne dans l'existence et ne pas perdre une seconde, alors qu'on se propose un but réellement considérable...

Je me récriai. Le professeur était dans toute la force de l'âge. Il vivrait longuement, pour mener jusqu'au bout sa belle tâche !

– Moi ! s'exclama-t-il en ricanant. Je me débats dans mon âge comme dans un cachot. Je secoue mes années comme des chaînes.

Un instant, je restai désorienté. Cette familiarité d'emblée, ce dédain immédiat et total des formes conventionnelles, l'instabilité fantasque de l'entretien me dépaysaient. J'émis la présomption que, si Krantz attachait tant de prix à la durée, c'était sans doute parce que d'inestimables affections lui faisaient la vie très douce.

– Je suis seul, dit-il sans aucune émotion.

Je m'y attendais.

– Mais, repris-je en voilant avec tristesse l'image d'Albane qui, à ces mots, venait de m'apparaître, peut-on dire d'un homme qu'il est seul quand la vérité est avec lui ? Moi qui l'ai toujours cherchée si humblement, mais si éperdument, et qui la cherche encore à présent, au milieu d'angoisses atroces, je vous envie, monsieur le professeur, d'être seul comme vous l'êtes – seul avec elle !

– La vérité n'est pas de ce monde, fit Krantz en trempant ses lèvres étroites dans un verre d'eau. Je veux dire : la vérité n'est pas actuellement du monde de l'homme. L'homme est une créature trop inférieure pour l'acquérir. Il lui manque, pour cela, des sens. Peut-être deux ou trois. Peut-être cent.

– Devons-nous donc renoncer à toute chance de contempler jamais la vérité ? Ce serait désespérant.

– Non, dit Krantz qui pensait toujours à autre chose ; et pourtant ce qu'il allait dire s'est gravé pour toujours dans ma mémoire. Non. Mais nul ne peut aller au-delà de ses moyens. Il y a, pour les hommes, une vérité, tout au moins morale, et qui est, à tout prendre, la vérité.

– Accessible ?

– Aisément. Et vous la possédez.

Moi ?

Vous venez de me le dire. La vérité des hommes, monsieur, c'est la recherche de la vérité.

Cette parole m'inonda de lumière. J'objectai cependant :

– Recherche vaine, d'après vous ! Puisqu'il manque des sens à l'humanité...

– Elle s'en adjoindra peut-être, au cours des temps.

– Vous plaisantez, monsieur le professeur !

– Elle s'en est adjoint, déjà. Qu'est-ce donc que les mathématiques ? Ne nous font-elles pas percevoir des vérités qui ne tombent sous aucun autre sens ?... Oui,

nous devons chercher, aller de l'avant, sans trop savoir –
qu'importe ! – où nous allons. Ainsi font les rameurs ; ils
tournent le dos à leur destination, se fiant au patron qui
tient le gouvernail.

Alors Krantz proféra soudain, sans transition :

– Mais il faut avoir pitié de tous. Même de Dieu.

Effaré, je le regardai. Il m'ouvrait si précipitamment
tant de perspectives, les unes rassurantes, les autres suf-
focantes, que je ne savais plus où j'en étais, ni quelle
contenance adopter.

– Monsieur le professeur, dis-je avec beaucoup
d'embarras, vous me pardonnerez d'y revenir. Mais je
traverse, depuis plusieurs mois, de rudes épreuves, et
j'en redoute, hélas ! de plus rudes. Eh bien, dans ces
crises-là, on souhaiterait – oh ! passionnément ! – un
point d'appui solide. Et voilà que, vous, le professeur
Krantz, vous doutez qu'il en existe d'inébranlable... Les
malheureux ont besoin d'un Dieu qui ne soit pas à
plaindre, qui ait souffert, mais qui règne maintenant au-
dessus de toute défaillance.

– Vous êtes malheureux ? demanda Krantz avec la
sérénité médicale du docteur qui s'enquiert : « Pas
d'appétit ? Mauvais sommeil ? »

– Oui, dis-je en constatant d'une façon baroque combien nous étions loin des installations « dernier modèle »
de la maison Semeur et me demandant par quel détour
j'y pourrais venir.

– Eh bien ! Jetez du relatif dans la combinaison.

– Plaît-il ?   murmurai-je,   empêtré   dans
l'incompréhension et perdant pied.

Une minute s'écoula, si ce n'est plus, avant que Krantz me répondît. Quelque idée inconnue avait emporté en rafale le grand oiseau de cette âme vagabonde. Le professeur n'était plus du tout à la conversation. Il s'y retrouva brusquement, comme par hasard.

– Ce n'est qu'un procédé, dit-il, mais efficace. Truquez vos sentiments, rusez avec le destin, fraudez la fortune, en jouant tour à tour du relatif de l'absolu. Soit un souci : plongez-le dans le relatif, qu'il ne soit plus qu'un souci parmi tous les soucis de l'univers ; ainsi vous l'atténuerez. Soit, à l'inverse, une joie : gardez-vous de la comparer ; qu'elle devienne, pour vous, la joie, absolue, maxima.

– C'est que, remarquai-je, si le relatif se conçoit commodément, il est plus difficile de se représenter l'absolu. Avec l'infini et l'éternel, j'avoue qu'il se dérobe à moi.

Krantz haussa les épaules :

– Un rien vous arrête, tous tant que vous êtes. Vous manquez de sens pratique. Tournez le problème. L'absolu est relatif, sous un certain angle ; il est relatif à lui-même. Alors, qu'est-ce qui vous gêne ?

Je secouai la tête :

– Élégantes théories ! Une détresse comme la mienne, aucun expédient philosophique ne saurait la réduire !

Krantz, qui me considérait, ne sourcilla pas.

– Oh ! Rien de plus banal, rien de plus commun ! continuai-je amèrement. L'amour...

Il resta froid, dessinant par politesse un geste vaguement compatissant. J'achevai d'une voix basse :

– ... et la mort.

Sur ce nom, un changement à vue s'opéra. J'ai dit que le professeur me regardait ; et cependant j'éprouvai la sensation qu'il se mettait seulement à me regarder et que, pour ainsi dire, son âme était venue enfin à la fenêtre de ses yeux.

J'en fus un peu troublé. J'en fus aussi très ému, d'autre sorte, croyant avoir touché la sensibilité du savant, et mon regard l'en remercia.

– Ah ! souffla-t-il ardemment. La mort !

– Celle que j'aime, dis-je, ma femme, est très mal.

Il ne me suivit pas.

– La mort ! Ma vieille ennemie !

À l'accent de cette exclamation, je compris l'erreur que je venais de commettre. Il avait suffi d'un mot pour rallier sur moi les songes errants du professeur Krantz. Mais, s'il était redevenu présent, ce n'était pas pour s'apitoyer sur mon malheur.

– Perdue ? fit-il pourtant avec un certain intérêt.

– J'en ai l'épouvante. Quelques mois peut-être, et...

– Combien ? dit Krantz, une lueur passant dans ses prunelles, tout au fond de leurs cavernes. Combien de temps ?

Je laissai retomber ma main, d'ignorance et de découragement.

Mon hôte contemplait le vide, avec un air d'extase ardente et concentrée.

– Ceux qui mourront avant une année, commença-t-il. Ceux-là, vraiment...

Il n'alla pas plus loin, devant un spectacle que je ne pouvais deviner et qui donnait à son visage si étonnant une signification passionnée, de fièvre et de puissance.

Je me sens incapable de dépeindre ce qui se passa dans ma conscience, quel étonnement, quelle alerte, quel espoir subit, gigantesque et indistinct, quelle curiosité démesurée se prirent tout à coup à bouleverser la stagnation où ma douleur s'immobilisait depuis si longtemps.

– Que voulez-vous dire ?

Et je contenais de tout mon pouvoir les élans de mon désordre.

Krantz ne m'entendait pas, ne me voyait pas. Sa bouche close se relevait d'un côté, traçant un rictus de mutisme et de mystère. L'orgueil colorait sa face énigmatique. Je voyais un conspirateur en proie à l'enthousiasme, jouissant par avance et silencieusement des visions de son triomphe. Les paroles qui lui avaient échappé et tout ce qu'on m'avait dit de sa science me révélaient l'existence d'un secret de première grandeur – et c'était l'un des secrets de la vie et de la mort !

– Je vous en supplie, monsieur le professeur ! Qu'arrivera-t-il avant une année ?

Il parut se souvenir de ma présence, s'apercevoir, grâce à mon appel, que j'étais toujours là. Et, cette fois, bien que Krantz n'eût pas cessé de me fixer, ce fut comme si son regard s'abaissait vers moi, de très haut.

– J'ai eu tort, dit-il. Je n'aurais pas dû me trahir... Comment l'ai-je fait ? Voilà qui ne s'explique pas. Pourquoi *vous* ? C'est étrange. Il faut que je sois fatigué. Je travaille trop, peut-être. Ceci doit rester entre nous. Je vous prie d'oublier cette inadvertance. Radicalement. Promettez-moi de n'en parler à personne.

– C'est juré. Mais, de tout mon respect, de toute mon admiration, de toute la volonté que j'ai de me soumettre sans réserve au moindre de vos souhaits, dites-moi, par pitié, plus nettement, ce que vous m'avez permis d'entrevoir !

– Qu'est-ce que vous croyez avoir entrevu ?

– Que vous menez contre la mort une offensive encore clandestine. Que vous travaillez dans l'ombre à je ne sais quelle grande découverte. Que dans un an cette découverte, accomplie, ce remède, trouvé, sera propre à guérir bien des êtres...

Pour être franc, j'avoue ici que ce discours dépassait le cadre de mes conjectures. Je me précipitais au-devant de ce que j'espérais, dans l'espoir de ne pas faire fausse route et, s'il en était ainsi, d'obliger le professeur Krantz à me le confirmer sans même qu'il eût à ouvrir la bouche.

Le silence qui suivit fut de nature à me satisfaire, jusqu'à me combler d'une allégresse qu'on ne comprendrait pas si l'on oubliait que j'étais livré aux plus noires désespérances et prêt à voir dans la plus faible clarté une étoile de salut.

– Guérir ? dit Krantz lentement. Ce n'est pas le terme juste.

Mais, ayant évalué la tristesse et l'avidité que ma pauvre figure changeante reflétait assurément, il me dit, me perçant d'un regard direct de ses yeux limpides :

– Je ne suis sûr de rien encore. J'espère. Je crois. Mais, jusqu'à la minute décisive où doivent se rencontrer, venant de tous les confins de la science, les lignes de mes recherches, comment certifier quoi que ce soit ?... Cependant, oui, j'ai confiance.

– Une année ! repris-je, incapable de refréner mon excessive animation. N'envisagez-vous pas la possibilité d'aboutir plus tôt ? Si vous le jugiez utile, je mettrais à votre entière disposition toutes les ressources dont je dispose moi-même ! Pour gagner quelques jours, je vous donnerais ma fortune – et plus encore !

Le professeur Krantz, très calme, fit « non » de la tête :

– J'ai tout ce qu'il me faut. L'argent, du reste, n'a qu'une importance restreinte en cette affaire. Quand je posséderais des milliards, l'heure fatidique de la solution n'en pourrait être avancée d'un dixième de seconde. Le temps et mon cerveau, voilà les seuls facteurs de l'accomplissement.

– Comment vous aider ? Ah ! ce doit être possible, pourtant !

– Vous ne pouvez m'être d'aucun secours. L'unique conseil que je sois en mesure de vous donner, le voici. Prolongez, par tous les moyens imaginables, la vie qui vous est si précieuse.

– Mon Dieu ! Une année !

Et brusquement – par quel retour de mes réflexions ?
– je m'aperçus de l'incroyable et cruelle étourderie dont
témoignaient nos propos. Je me sentis blêmir, à l'idée
soudaine que mes espoirs allaient peut-être s'écrouler.
Quels maux l'invention de Krantz serait-elle à même de
neutraliser ? Que *guérirait-elle*, pour employer ce verbe
qu'il prétendait impropre et dont je ne savais encore par
quel autre il convenait de le remplacer ? Je ne l'avais pas
renseigné sur le sort d'Albane ; je ne lui avais pas dit
pourquoi ni comment elle se mourait à petit feu. S'il allait
m'avouer son impuissance à la sauver ? Je lui fis part, en
tremblant, de mon effroi.

– Pas d'importance, fit-il.

Et, de nouveau, le sourire de coin, le rictus plein de
réticence tira sa bouche, et il s'enveloppa de fierté railleuse.

Puis, se rappelant de moi par-dessus la table et me
saisissant dans l'emprise de ses yeux :

– Vous serez le premier à savoir. Je vais vous dire ce
que j'ai tenu caché jusqu'ici. Parce que vous êtes, je le
vois, un grand malheureux. Et parce que, n'est-ce pas ?
vous saurez vous taire.

– Oui, oui, je me tairai ! dis-je, haletant.

– Eh bien ! déclara Krantz. Voici. Ce ne sont pas des
maux que je veux soigner. Je ne prétends pas au rôle de
guérisseur. Je ne m'attaque pas aux causes, mais à
l'effet. C'est la mort, la mort en soi, que je surmonterai.
Entendez-vous ?

– Mais... n'est-ce pas toujours guérir ?

J'en fus pour ma question. Négligeant d'y satisfaire, l'homme phénoménal m'exposa fougueusement le but qu'il poursuivait. Il le fit avec l'évidente volupté d'un reclus qui, pendant des années, s'est replié sur un secret inouï et peut enfin le partager. Je présume même, aujourd'hui, qu'il ne m'aurait fait aucune confidence si je ne l'avais rencontré à l'instant précis où il lui devenait impossible de garder le silence plus avant. Si je ne m'étais pas trouvé sur son chemin, à cette date, à cette heure, quelque autre, j'en ai l'impression, eût recueilli à ma place les révélations du professeur. Elles m'écrasèrent de stupeur et d'une épouvante qui avait quelque chose de sacré. Ses conceptions passaient tout ce que j'aurais imaginé dans mes rêves les plus audacieux, mes cauchemars inquiétés des pires hypothèses, enrichis des trouvailles les moins prévues.

Et pourtant, quelle simplicité !

Quelle effrayante simplicité ! Et comment dire l'émerveillement, mais aussi l'horreur qui me possédèrent lorsque le professeur Krantz – oh ! en quelques phrases – m'eut exposé l'objet de ses veilles ! Jamais le genre humain ne s'était proposé de fins plus intrépides. Jamais non plus la science humaine n'avait pourvu d'un aspect plus affreusement positif une entreprise merveilleuse. Interdit, blême, frissonnant, j'étais aux prises avec un miracle – l'un de ces miracles véritables que le progrès nous assène de temps en temps ; qui nous transportent d'ébahissement, jusqu'à nous ravir parfois, mais dont le bâti, le châssis tristement nécessaire, nous navre et nous fait peur quand nous le découvrons.

Ne souhaiterait-on pas, en effet, que toutes ces belles choses prodigieuses qui, de nos temps, jalonnent de splendeurs la route des générations fussent davantage l'œuvre d'un coup de baguette ou d'une injonction impérative, comme dans les histoires de jadis ? Mais toujours la science est là-dessous, squelette d'acier dressant sa face fabriquée. C'est en vain que nos narines battent, pour quêter dans le vent de notre vitesse les suaves parfums de quelque enchantement ; nous ne respirons que des odeurs de laboratoire ou d'usine ; et quand nous soulevons la robe étincelante d'une merveille, nous reculons, encore éblouis mais déconcertés, devant l'ossature des leviers et l'organisme des alambics.

La joie délirante, qui tout d'abord m'avait enivré, avait cédé le pas à des sentiments beaucoup plus complexes. J'étais toujours dominé par l'espoir adorable de garder Albane grâce au savoir, grâce à la future réussite du professeur Krantz ; mais, maintenant que je savais à quel prix ce salut devrait être acquis, j'étais véritablement terrifié. Le personnage du savant dominait, d'une hauteur vertigineuse, le portrait cependant titanesque qu'on m'avait fait de lui. Faut-il avouer que je ne m'arrêtai pas longtemps à cette considération ? Que Krantz fût l'un de nos dieux intellectuels, qu'il m'apparût dorénavant comme un grandiose novateur et qu'il rapprochât soudain, à n'y pas croire, le roman et la réalité, certes, quand une telle assurance éclata dans mon entendement, je restai pendant quelques secondes comme assommé. Mais la pensée d'Albane ne m'avait pas quitté. Et, tout de suite, Krantz et son génie passèrent au second plan. Et ce qui s'installa sous mon crâne ce fut cela : Albane et le prodige – Albane et la course tragique qui allait se livrer, pour elle, entre la science et la mort – puis Albane morte ou sauvée, et alors, si c'était Krantz qui la sauvait : ce salut même, si différent de tout ce que j'aurais pu prévoir un quart d'heure auparavant.

Albane sauvée ! Réalisation de mes vœux les plus fanatiques ! Mais quoi ! se pouvait-il que l'espoir eût lui tout à coup, et que, néanmoins, cet espoir me gratifiât d'un bonheur imparfait ? Était-il vraisemblable que je fusse là, confondu et tremblant de frayeur, à l'idée de sortir de mes angoisses par une issue à ce point imprévue ?...

Krantz se leva. Il voulait partir. Je ne le retins pas. Que dis-je ! Depuis qu'il avait parlé, j'aurais désiré qu'il fût déjà parti, rentré dans son petit kurhaus, au milieu de ses instruments, replacé dans l'atmosphère pharmaceutique de ses travaux. Son inaction m'impatientait. Penser que la vie d'Albane dépendait peut-être d'une minute perdue ou gagnée par le chercheur ! d'une couple d'heures gaspillées par lui à déjeuner, comme il venait de le faire, avec un commis voyageur !

Est-il besoin de le dire ? J'étais à cent mille lieues des causes vulgaires pour lesquelles je l'avais invité. Je rêvais tout éveillé, je me sentais avec stupéfaction vivre, sans dormir, l'aventure d'une légende incroyable. Comme je réclamais notre vestiaire et que le maître d'hôtel écartait la table avec un respectueux empressement, je m'aperçus debout, dans la glace, derrière l'image de Krantz vu de dos. Je distinguai ma pâleur, mes pommettes enflammées timbrant cette lividité, mes traits tirés, le visage le plus altéré qu'un miroir m'eût encore renvoyé. En fait, pour la deuxième fois, le monde venait de se transformer à mes yeux. Quand Albane était devenue malade, l'effroi de la perdre avait falsifié toutes leurs visions. Présentement, une nouvelle réverbération modifiait encore l'aspect des choses. Inadmissible éclairage ! Je renaissais à l'espérance, et c'était pour ne pas retrouver ce qui s'était enfui naguère. D'autres couleurs étaient sur les formes. L'espérance n'avait pas l'éclat incomparable que j'avais présumé. Elle était blafarde et trouble – impure.

Krantz se laissa pousser dans le tambour pivotant de la porte. Je le suivis et le rattrapai sur le trottoir. Il s'en allait déjà, sans plus songer à moi... Quel affolement de dénombrer tous les risques que courait un pareil étourdi, mêlé à la cohue des passants et des voitures ! Il fonçait là-dedans comme un aveugle. Je le retins par le bras à l'instant même où il se jetait sous les roues d'un taxi, d'une allure si délibérée qu'une femme, auprès de nous, cria. J'arrêtai le taxi et j'y montai avec le professeur. Un autre miracle, c'était qu'il fût parvenu sain et sauf jusqu'à son âge, au lieu d'avoir péri depuis longtemps, broyé par un véhicule ou précipité dans quelque trou.

Je le reconduisis. Je l'accompagnai dans son cabinet de travail. Et là, sur le point de prendre congé, je tirai de ma poche un carnet de chèques. Le spectacle du kurhaus m'y provoquait.

– Permettez-moi... lui dis-je. Vous savez maintenant quelle importance incalculable j'attache personnellement à vos travaux. Malgré ce que vous m'avez dit, accordez-moi l'honneur et la joie d'y contribuer. Ne refusez pas, je vous en supplie, et si cet apport vous est vraiment inutile, ne me le répétez pas. J'ai besoin d'illusions. Soyez charitable. En vous commanditant, c'est moi qui tends la main.

Il prit le chèque sans s'occuper de la somme que j'y avais inscrite – et qu'il ne toucha jamais. Il avait hâte de contrôler bien autre chose, je ne sais quelle proposition de son cerveau. Apparemment, une foule de raisonnements s'y étaient accumulés au cours de ce déjeuner, en vain somptueux, dont il n'avait goûté que des bribes et l'eau d'une carafe. Il saisit un réchaud électrique, l'installa sur un coin de son bureau, fouilla dans une armoire pleine de verreries.

– Au revoir, monsieur le professeur. Retenez, s'il vous plaît, mon nom, mon adresse. Voici ma carte. Vous me télégraphierez, n'est-ce pas ? dès que...

– Aussitôt ! affirma-t-il. Aussitôt !

Il fit l'effort de m'escorter. Mais, au seuil de la pièce :

– N'allez pas plus loin, dis-je. Je m'y reconnaîtrai.

Aucune insistance. Il s'inclina, cassant sa haute stature, à l'allemande.

– Une année, fit-il seulement. Moins, si je peux.

Il attendait, avec une hâte ostensible, que mon départ lui rendît la liberté. Là, je regrettai qu'il fût ce qu'il était. J'aurais voulu m'épancher, traduire l'émotion qui me poignait, à la suprême phase d'une entrevue aussi exceptionnelle. Mais je ne voyais qu'un masque fermé, magnifiquement beau et singulier, durci par l'activité cérébrale et le désir intense de procéder sans retard à cette manipulation...

Sur ces adieux, je regagnai mon hôtel dans un désarroi bien bizarre. La solitude m'était des plus pénibles et me causait un malaise intolérable. Je domptai de mon mieux la tendance qui m'entraînait vers toutes sortes de craintes et d'indécisions, et, laissant mes affaires, j'écrivis à Albane une longue lettre foisonnant de gaieté et de confiance.

Je lui écrivis chaque jour. Et c'était, chaque jour, une épreuve, à cause des mensonges qu'il me fallait lui faire et de l'entrain que je devais simuler, en doutant d'ailleurs qu'elle s'y laissât prendre. Cette fois, je n'avais plus à feindre. Je pouvais lâcher la bride aux inspirations de mon cœur, sous la condition de ne rien rapporter touchant le professeur Krantz, sauveur aléatoire. Cependant, lorsque j'interrompais ma lettre après avoir mis le point de ponctuation à la fin d'une phrase toute brillante de joyeuse tendresse, je me rappelais les confidences de

Krantz. Alors, les affres de la peur mouillaient mes tempes et glaçaient mes mains. Je me demandais si j'avais bien le droit de me réjouir, et je ne pouvais rabaisser mon stylographe sans m'être accordé un peu de répit, pour me raisonner et m'astreindre à conclure que rien, pas même ce qui venait encore de m'épouvanter à l'instant, n'était de taille à contrebalancer ce grandissime triomphe : Albane vivante.

Qu'elle le fût grâce à ceci ou grâce à cela, qu'importait ?

Oui, qu'importait ? En dépit de cette logique, ma lettre achevée, je demeurai longtemps immobile, embrasé d'espoir et rongé d'inquiétude.

Deux jours après, j'avais quitté Berlin.

À Paris : un télégramme. Je l'ouvrais, convaincu qu'il ne m'annonçait rien de nouveau. Je me trompais.

Contre toute attente, le médecin d'Albane se déclarait fort satisfait. Une amélioration sensible s'était produite.

Le lendemain, j'étais à Nice, et je constatais moi-même qu'un grand pas avait été fait, en quinze jours et à l'improviste, vers la guérison. Le docteur s'était retenu de m'en informer avant d'être rigoureusement sûr que ce n'était point là de ces leurres qui contrefont un retour à la santé et n'en sont que la fugitive apparence.

Cela fut très simple et très normal. Que le lecteur, hanté peut-être par ce qui précède, n'aille pas soupçonner dans ce bienheureux événement, dans cette reprise inespérée, une intervention insolite. Qu'il ne voie pas la main de Krantz susciter à distance l'arrêt du mal, suivi sur-le-champ d'un mieux décisif. Non, non, là n'est point l'étrangeté de cette histoire, que nul enfantillage ne ravale. Albane revenait à la vie par la seule magie du soleil, de la jeunesse et de la foi, c'est-à-dire aussi de l'amour.

J'eus conscience d'en être plus follement heureux que si je n'avais pas connu le professeur Krantz, avec ses recherches. Savoir qu'Albane ne devrait pas l'existence à sa terrifiante découverte, me dire qu'elle allait guérir comme tout le monde, sans avoir eu recours à l'horrible artifice, quel soulagement inexprimable ! Quelle exquise délivrance, s'ajoutant à l'autre, infinie celle-là, divine, radieuse à n'en pouvoir rêver qui l'éclipse ! Il me semblait qu'Albane triomphait de deux périls ; et moi, je sentais avec une joie trop forte deux contraintes inégales desserrer sur mon cœur leur prise douloureuse.

Il n'y a pas si longtemps de cela, mais je m'en souviens vivement, comme d'un bonheur disproportionné à la mesure des hommes et dans lequel il était bien inutile de « jeter de l'absolu » ! L'angoisse, toutes les angoisses s'en allaient enfin de moi ; je n'éprouvais plus leur embrassement de parasites, liant ses invisibles tentacules autour et au plus profond de mon être. Moi aussi, je guérissais. Moi aussi, je me dégageais d'une odieuse possession. Et cesser de souffrir ainsi me paraissait la volupté des voluptés.

La guérison d'Albane s'accéléra, le bonheur aidant les énergies vitales. À présent, le docteur n'avait plus de motifs pour me maintenir loin d'elle. Ma propre joie concourait, au contraire, à cette renaissance délicieuse d'une jeune femme aimante et adorée. J'avais immédiatement résolu de séjourner à Nice pendant une période indéterminée ; et nous vécûmes là des semaines enchantées, sans maudire une calamité qui n'était plus qu'un souvenir et nous avait montré notre amour dans toute sa force.

Puis les mois se succédèrent, ne nous apportant rien qui mérite d'être consigné ici. Et, peu à peu, la pensée de

Krantz revint plus fréquemment s'imposer à moi, non plus, comme au début, solidaire d'une autre qui la dominait, mais isolée et devenant, à son tour, une manière d'obsession de plus en plus despotique. Mon esprit, libéré de poignantes inquiétudes, leur substitua la hantise du professeur Krantz.

Que devenait-il ? Les journaux ne m'apprenaient rien à son sujet. On ne parlait pas de lui. Le silence le plus épais continuait à s'étendre sur ses travaux, que j'étais probablement seul à connaître. Où en était-il de leur progression ? Touchait-il à la réussite ? Avait-il échoué, par hasard ? La chose merveilleuse et repoussante serait-elle ou ne serait-elle pas ?

J'en vins à ne pouvoir rêvasser sans me poser l'énervante interrogation et j'étais si furieusement absorbé par mes songeries qu'Albane finit par m'en demander la cause.

Ce qui s'ensuivit me fit comprendre, mieux que tous les raisonnements de mon bon sens, quelle géante monstruosité recherchait le professeur. J'allais parler, mettre Albane au fait de la vérité... Je me tus, comme je me taisais depuis mon voyage à Berlin ; ou plutôt, sans dissimuler que je pensais à certain savant allemand, à ses études aussi, je restai muet sur leur nature et leur caractère. Il me semblait que j'eusse blessé la délicatesse de ma femme en lui dévoilant l'horrifique gestation de Krantz. Mais, de ce jour, la soif de savoir me tourmenta davantage, comme si, plus conscient de cette horreur sublime, j'eusse été plus avide d'apprendre qu'elle allait s'épanouir ou qu'elle avait avorté.

Je ne voyageais plus. Je vivais entre ma maison de commerce et Albane, ayant repris l'agréable train de mon existence passée, à cela près que nous habitions maintenant dans les environs de Paris et que ma chère convalescente devait regagner la Côte d'Azur avant les premiers froids.

J'adressai à Krantz une lettre, puis une autre, puis une troisième. Pas de réponse. Mes comptes en banque accusaient que le chèque n'avait pas été touché... Mon impatience et ma curiosité s'accrurent démesurément. Et, un beau jour, ayant choisi depuis peu un correspondant à Berlin, je m'avisai qu'il serait bon d'aller passer une huitaine avec lui, pour l'instruire sur place de mes méthodes et de mes projets. J'envoyai donc à M. Fuchs une note lui annonçant ma décision et le priant de me ménager, pour le lendemain de mon arrivée, quelques rendez-vous avec des clients.

Il est à remarquer que je ne parlai pas de Krantz à Fuchs, non plus qu'à personne autour de moi. Comment cela se fit-il ? Je ne le sais guère. Quelque chose me poussait au secret gardé jusqu'à l'exagération. Quelque chose d'inexplicable. Il y avait dans ma conduite un élément morbide, emprunté à l'ensemble de l'aventure. Tout ce qui se rapportait à Krantz prenait, comme cela, un air occulte et incompréhensible. Je reconnais, de plus, qu'il exerçait sur moi, même après un long temps, un empire indiscutable, et qu'en agissant ainsi, en évitant jusqu'à l'expression du dessein que j'avais de le joindre, j'obéissais d'une façon puérile et confuse au désir de défendre son mystère.

Ce fut vers minuit que j'arrivai à Berlin. Je n'avais pas voulu que Fuchs se dérangeât à cette heure tardive pour venir me prendre à la gare. Ma lettre le priait seulement de bien vouloir veiller jusque-là, car je lui téléphonerais dès mon arrivée.

Pendant qu'on montait mes bagages dans la chambre même que j'avais occupée lors de mon dernier séjour et que je venais de redemander, cédant aux sollicitations d'une brumeuse sentimentalité, mon premier soin fut d'appeler Fuchs à l'appareil.

Fuchs était un organisateur actif, dont la précision m'avait particulièrement séduit à Paris, où j'avais eu maintes fois l'occasion de lui parler d'affaires, lorsqu'il n'était pas encore mon agent.

Après m'avoir souhaité la bienvenue avec la politesse un peu cérémonieuse de sa race, il m'indiqua le programme qu'il avait préparé pour moi et qu'il mit son point d'honneur à me présenter en français.

– D'abord, me dit-il, vous devez, monsieur Semeur, visiter « Grunewald ». M. le docteur Lautensack est prévenu pour dès 8 heures et demie du matin.

– « Grunewald » ? dis-je.

– Excusez, monsieur Semeur. Je veux parler du nouvel immense hôpital privé qui a été entièrement aménagé par Lewison and Barclay, vous savez bien ? Nous, l'appelons ici « Grunewald » parce qu'il est situé dans Grunewald, le quartier neuf.

– J'y suis. Mais pourquoi voulez-vous que je visite ça ?

– Excusez. Vous ne pouvez réellement rien faire à Berlin, chez nos clients, si vous ne connaissez pas « Grunewald ». Tous vous en parleront. Je dois dire : c'est une admirable, une incomparable installation. Peut-être, monsieur Semeur, peut-être vous en serez un peu… un peu mortifié, si vous permettez. Mais voyez « Grunewald ». Il faut.

– Soit ! acceptai-je, d'assez mauvaise humeur.

— Ils sont deux directeurs, reprit Fuchs. De l'un ne parlons pas ; il est un grand savant qui plane dans les régions supérieures de la science et n'en descend que pour s'intéresser aux malades exclusivement. Mais l'autre, M. le docteur, Lautensack, c'est celui-là qui s'est chargé tout spécialement d'administrer l'hôpital et ce n'est pas une petite affaire ! Il vous recevra très bien et sera votre guide, en personne.

— Lautensack... Ah ! oui, je sais. L'ancien directeur de l'Anatomisches Institut, n'est-ce pas ?

Exactement ! Exactement !

Très remarquable. Je me souviens de lui.

— Donc, avec cette visite, vous en aurez bien pour toute la matinée.

— C'est si grand que ça, votre « Grunewald » ?

— Colossal, monsieur Semeur. Songez que cela représente comme plusieurs établissements distincts.

— Bon. C'est entendu. Et l'après-midi ?

— Si vous voulez bien m'honorer, nous déjeunerons ensemble et, aussitôt, nous irons tous deux chez des clients dont je vous soumettrai la liste en déjeunant, à commencer par la clinique Schweren, où, je pense, nous ferons bonne besogne. Vous plaît-il de me trouver, vers midi, à la porte centrale de « Grunewald » ? Et de là nous allons au restaurant ?

— Non, Fuchs, ne vous donnez pas cette peine. Soyez à mon hôtel vers midi trente, voulez-vous ? C'est moi qui vous invite.

– À vos ordres, monsieur Semeur.

Je me serais bien gardé d'accepter son offre, ayant la ferme intention de ne pas prolonger jusqu'à midi l'inspection de « Grunewald ». Une heure me suffirait certainement pour admirer le chef-d'œuvre de mes concurrents Lewison and Barclay ; après quoi je filerais rapidement vers le kurhaus de la Weberstrasse, et, quand je retrouverais Fuchs – qui avait, lui, la ferme intention de m'accaparer jusqu'au soir – je saurais ce que le professeur Krantz et ses projets étaient devenus.

– C'est donc convenu. Bonsoir, Fuchs. Et merci.

– Une bonne nuit, monsieur Semeur. Je vous présente mes devoirs.

Je laissai ma main, un instant, sur l'appareil que je venais de raccrocher. Qui m'eût vu, dans cette cabine téléphonique, se fût sans doute étonné de ma physionomie. Elle devait traduire assez singulièrement l'opinion perplexe que j'avais de moi-même, au sujet de ce Krantz dont je *n'osais pas* parler. Cela devenait baroque. Quand j'y réfléchis à présent, je crois bien que j'appréhendais de connaître, quel qu'il fût, le sort du professeur. Avait-il réussi ? Combien terrible, alors, eût été mon émotion !... Avait-il renoncé à ses projets ? Quelle déception j'en aurais éprouvée !... Ses recherches n'avaient-elles pas encore abouti ? Autre désillusion... ce qui me semblait à peu près évident, c'est que la fameuse découverte n'était pas accomplie. Car comment supposer qu'elle l'eût été sans déchaîner par le monde la plus bruyante tempête de hurlements et d'acclamations ?... Fort bien ; mais alors, pourquoi n'était-elle pas accomplie, le délai d'une année se trouvant expiré ?... Krantz n'était pas mort, certes, puisqu'il comptait parmi ceux que la mort tire de l'ombre pour les ensoleiller de gloire. La fin de Krantz ? Mais tous les journaux de la terre l'auraient annoncée !

Étrange perplexité, je le répète. Enfin, quelques heures encore, et je saurais !

Je sortis de la cabine et montai dans ma chambre.

Là, mes regards se promenèrent avec autant de curiosité que de surprise sur ces lieux où j'étais venu jadis, essayant d'être loin de moi-même, et que j'avais quittés dans un état d'âme si pathétique. Je n'en retrouvais pas l'aspect tel que ma mémoire l'avait enregistré, tel que mon esprit l'avait photographié, plus d'une année auparavant à travers un autre « objectif » mental.

Je n'y voyais rien, absolument rien de ce que j'eusse tant aimé reconnaître, rien de l'accueil, empreint d'une effusion muette, que je m'attendais à recevoir des choses, des murailles – des glaces surtout, qui auraient dû me chanter en silence leur joie de me revoir si changé, mais si fidèle à leur souvenir. Tout était froid, impersonnel, étranger, à me faire croire qu'on m'avait désigné une chambre pour une autre. Et pourtant c'était l'heure même, l'heure désespérante où, quatorze mois plus tôt, ces glaces, ces murs, ces objets m'avaient assisté dans mes pires souffrances, quand j'étais au bord de mes nuits comme au seuil de l'enfer – quand mes regards mêlaient à tout ce qu'ils rencontraient le visage amaigri d'Albane, ses grands yeux pleins d'ombre et ses lèvres décolorées dont je me rappelais le goût de fièvre et d'éther !

Est-ce que j'allais ressentir, en présence de Krantz, une semblable déception ?

Le sommeil vint effacer tout cela, lorsque se furent calmés dans mon corps les trépidations tenaces du voyage et les rythmes changeants – de galop, de martèlement, de bourrée, d'habanera – dont la fuite du train sur les rails avait scandé mes rêveries fantastiques.

À 8 heures, par une très belle matinée de l'été commençant, je pris place dans une confortable auto de remise que le portier de l'hôtel avait commandée pour moi. Au moment de donner mes ordres au chauffeur, j'hésitai. Lui dirais-je : « Weberstrasse » ?... Mais non ; il fallait être raisonnable, le Dr Lautensack m'attendait à 8 heures et demie, très obligeamment, pour me consacrer son temps jusqu'à midi. Écourter ma visite, voilà tout ce que l'urbanité me permettait à son égard. Je donnai l'adresse de « Grunewald ».

Chemin faisant, je ressentis l'effet que produit toujours, à qui voyage peu ou ne voyage plus, l'ambiance d'un autre peuple. L'Allemagne exerçait sur moi son influence, et je cherchais sur les faces, vainement, avec un soupçon de malaise, cette insouciante gaieté, cette railleuse bonne humeur qui caractérisent mes compatriotes. Les Français portent leur destin comme une écharpe négligemment nouée, et ce sont des gens qui raffolent d'entrer par les sorties, sortir par les entrées, manquer le lever du rideau et s'en aller avant la fin. J'étais surpris de la gravité germanique, surpris non moins de l'avoir oubliée. Un sourire manquait là, qui, répandu sur les foules, m'eût réconforté, maintenant que j'avais cessé d'être un homme qui ne souriait pas et se plaisait à ne voir, autour de sa tristesse, que des figures sérieuses.

Ma voiture stoppa devant un palais neigeux, aux lignes simplifiées. Quelque chose, en effet, de colossal. Un monument au goût du jour. J'entends : d'un aspect schématique, dénudé, d'une rudesse d'épure, avec cette absence de visage et cette cruelle harmonie de plans désertiques et de surfaces vacantes, qui s'efforce de remplacer l'ancienne grâce par l'équilibre des proportions et le volume combiné des masses.

J'entrai dans le vestibule, au sein d'un vide énorme, géométrique. Les dimensions de ce hall ébahissaient. Quelle fantaisie équivoque l'avait construit pour un comice de géants ?

On m'introduisit sans tarder auprès du Dr Lautensack.

Je l'abordai dans un local beaucoup moins éléphantesque que le hall d'entrée, mais tout aussi marqué des signes du néant. C'était assurément son studio. Les parois unies, dépouillées du moindre ornement, s'en intersectaient comme les carrés d'un cube presque idéal, à force de ne vouloir être qu'un cube. Dans le bas, se tassaient des engins métalliques, qui étaient peut-être bien des armoires. Le docteur, à ma vue, se leva d'un siège en tubes nickelés, derrière un terrible dispositif que j'identifiai « bureau » à la faveur des registres et des papiers qui en encombraient le dessus.

Je vis bien, à l'attitude du Dr Lautensack, que je survenais mal à propos, encore qu'il m'attendît et que l'horloge figurât 8 heures et demie, au moyen d'aiguilles non dégrossies et de chiffres synthétisés par douze rectangles.

Lautensack vint à moi, modèle de courtoisie, prodigue d'inclinations tout à fait accueillantes. Mais mon œil exercé ne s'abusait pas touchant ces manifestations. Je le dérangeais en plein travail. J'étais importun.

Corpulent, le masque énergique, la chevelure remarquablement drue et crespelée, tel était le Dr Lautensack, sur qui des mois avaient passé sans qu'il y parût.

– Monsieur Semeur ! On ne peut plus heureux de vous serrer la main et de vous recevoir à « Grunewald » !

Je le complimentai sur sa bonne mine et sur le choix si mérité qui l'avait placé à la tête d'un établissement aussi considérable.

Il reconnut avec une aimable simplicité que l'Anatomisches Institut n'était plus pour lui qu'un souvenir éclipsé par l'ampleur de ses nouvelles fonctions – ampleur qu'il me découvrait, du reste, en laissant voir la préoccupation de la tâche dont je l'avais distrait et en jetant des coups d'œil furtifs vers son bureau, si tant est que ce bureau en fût un, au sens habituel du substantif.

– Monsieur le docteur, dis-je poliment, au rebours de ce que je pensais, je n'en suis pas à dix minutes près. Prenez toutes vos aises. Vous m'avez paru fort absorbé quand je suis entré. Je vous en prie : terminez votre travail.

– Mais non, mais non, monsieur Semeur. Nous allons tout de suite commencer notre petite promenade. Ce que je fais là peut très bien attendre. Ce sont des comptes...

– Je vous en supplie, insistai-je en y mettant une bonne grâce des plus persuasives.

– Oh ! Je ne sais si je dois vous céder... Il est vrai que ces comptes...

– Cédez, monsieur le docteur. Vous me ferez grand plaisir. Je m'en voudrais trop...

Lautensack regarda plus longuement son chantier de bureaucratie. L'alternative oscilla dans ses yeux. Mais il n'était pas homme à demeurer longtemps irrésolu, et il se décida tout à coup.

– Non, trancha-t-il. Ce serait trop long. Je ne veux pas vous faire poser pendant une demi-heure. Venez, cher monsieur Semeur.

J'insistai encore, d'un geste engageant.

– Venez ! répéta Lautensack en me posant à l'épaule une main légère dont l'imperceptible poussée m'invitait à le précéder ; ce que je fis sans autre cérémonie.

– Je vous rendrai d'ailleurs votre liberté, dis-je, plus tôt que vous ne le croyez sans doute. Je ne dispose que de peu de temps...

– Ah ! Je le regrette beaucoup. Nous ne pourrons donc pas tout visiter. Il vous faudra revenir, monsieur Semeur. « Grunewald » en vaut la peine. C'est – dit-il en français – c'est « le dernier cri ». Je voudrais, ce matin, vous en donner une impression générale, faute de mieux. Nous allons d'abord, avec votre assentiment, nous rendre tout au fond, d'une traite. (Tout au fond, ce sont les services de chirurgie.) Et de là, nous reviendrons en parcourant successivement les autres services.

– À votre disposition !

Lautensack, au sortir de son studio, me fit longer de plain-pied une galerie bordant une cour ; puis nous traversâmes, par de vastes couloirs animés d'allées et venues, la profondeur d'un bâtiment, et nous débouchâmes dans une autre galerie pareille à la première, mais qui, celle-là, donnait tout du long sur une cour beaucoup plus agréable. C'était, en effet, un semblant de jardin, un bout du parc taillé au carré, mais avec des pelouses ombragées de marronniers touffus et de platanes.

J'emplis mes poumons du frais arôme de la verdure. Il faisait, au surplus, un temps délicieux, d'une rare suavité. De beaux nuages blancs se délayaient dans le ciel. Des oiseaux étaient dans le feuillage comme des fruits turbulents. Un calme élyséen s'étendait sur cette oasis qui semblait ménagée, à l'abri des tumultes, pour la méditation du poète, ou plutôt du savant.

C'est alors que, dans la lumière adoucie des arceaux, un groupe, formé de plusieurs praticiens tout de blanc vêtus, s'approcha, venant de notre côté, sans hâte.

Au centre du groupe marchait un personnage mis en valeur par l'écartement de ses voisins et qui, de loin, me fit ouvrir les yeux tout grands.

Sa haute taille, ses épaules anguleuses, sa façon d'aller en se balançant avec une autorité débonnaire éveillèrent, d'une secousse, mon attention.

Pas possible !... N'était-ce pas Krantz ?

C'était bien le professeur Krantz. De plus près, je le vis équipé fort bellement de la blouse, de la calotte immaculées, et entouré de jeunes gens – des internes – qui, d'un air grave, recueillaient en cheminant la parole du maître.

Frappé de surprise, je marquai un temps d'arrêt, puis, sous le regard intrigué du Dr Lautensack, je me remis en marche, les yeux fixés sur Krantz qui continuait d'approcher.

Je notai son vieillissement, l'expression sévère du visage terreux, l'alourdissement de la carrure. Plus près encore, les cheveux se montrèrent blanchis et les traits plus ravagés que je ne l'aurais cru à distance.

Je me dirigeai droit vers lui. Krantz me regardait venir avec une indifférence à laquelle se combina soudain une vague attention interrogative.

Nous fûmes face à face, et tout le monde s'arrêta. Je me découvris.

– Monsieur le professeur !... Je me rappelle à vous : André Semeur ! De Paris...

Il fronça ses sourcils grisonnants, cherchant à se rappeler qui était cet André Semeur, mais sans se départir de la mélancolie qui l'assombrissait.

– Ah ! fit-il. Oui, parfaitement !

Et le souvenir de notre rencontre fit naître à ses lèvres le rictus que je n'avais pas oublié, mais qui, chargé cette fois-ci d'une indicible dérision, disparut dans la même seconde.

Krantz, alors, me tendit la main.

– Si vous saviez, monsieur le professeur !... Quelle joie de vous retrouver !

– Vraiment ? dit-il d'une voix profonde.

– C'est pour cela que je suis revenu à Berlin ! C'est pour vous ! J'avais l'intention d'aller tout à l'heure, Weberstrasse, à votre kurhaus...

– J'y suis sensible, monsieur Semeur, extrêmement sensible.

Il me reprit la main et la serra dans les siennes. Cette expansion me troubla. Elle n'avait pas échappé au

Dr Lautensack, qui intervint sur un ton de parfait contentement.

– Eh bien, monsieur Semeur, dit-il, puisque vous connaissez mon éminent collaborateur, voilà qui tombe à merveille. Si je comprends bien, toute votre matinée vous appartient à présent. Avec votre permission, je vais vous laisser en compagnie de M. le professeur Krantz. Vous causerez, pendant que je terminerai sans remords ces comptes urgents...

– Comment ! m'écriai-je en m'adressant à Krantz et sans mesurer le ridicule que j'encourais. C'est donc vous, monsieur le professeur, qui êtes le directeur technique de « Grunewald » ? Le savant dont on m'avait parlé, c'est vous !

Cette naïve apostrophe et mon air de ravissement stupide engendrèrent des sourires discrets dans l'assistance.

– Ne le saviez-vous pas ? fit Lautensack aimablement égayé. Mais oui ! J'ai le grand honneur de partager avec M. le professeur Krantz la direction de « Grunewald ». C'est ainsi. On se devait, n'est-il pas vrai de lui confier enfin un poste de cette importance.

– Bah ! fit Krantz, plus désabusé que jamais.

– Je vous laisse ! dit Lautensack.

Il avait déjà tourné les talons et poursuivait en s'éloignant :

– Je vous retrouverai d'ici une demi-heure, monsieur, dans le laboratoire du professeur.

Les jeunes gens se retiraient sans mot dire, avec des saluts. Ils semblaient avoir pour Krantz une révérence et surtout une affection qui m'impressionnèrent. C'est que jamais encore je n'avais vu le savant au milieu de ses disciples.

– Suivez-moi, me dit le professeur. Mon laboratoire est là. Je m'y rendais.

– Je cherche des termes pour vous féliciter comme il le faudrait..., commençai-je. Votre fortune...

– Laissez ! Laissez !

– Quand avez-vous quitté la Weberstrasse pour prendre la direction de « Grunewald » ?

– Pas plus de trois mois. Peu de temps après que...

Une infinie tristesse, une tonalité étrangement *mineure* assourdit, sur ces derniers mots, la voix de Krantz.

– Entrez, monsieur Semeur.

Il avait ouvert une porte vitrée, sous la galerie. Il s'effaça. Je pénétrai dans son laboratoire.

Une salle relativement exiguë, mais en tout lumineuse. Ah ! ce n'étaient plus les dispositions caduques, les vieilleries retardataires de la Weberstrasse, ni l'indescriptible chaos de là-bas, qui embrouillait les uns dans les autres, comme un jeu de jonchets, bouquins et fioles, paperasses et cornues, créant de ce fatras et de ce bric-à-brac confondus un désordre difficilement concevable ! Ici – je me l'exprimai sous la forme d'un fâcheux à-peu-près – tout n'était qu'ordre et netteté, luxe, calme et propreté. Les flacons multicolores occupaient, derrière des vitrines, les parallèles de rayons qu'ils chargeaient de leurs impeccables rangées. Tout le reste luisait d'une blancheur vernie. L'ordre, je le répète, régnait en maître. L'ordre et quelque chose de plus, qui me surprit : une froideur, une immobilité... Il n'y avait rien sur les tables, sinon quelques récipients vides, groupés comme des objets qu'on n'utilise pas. Et il n'y avait presque rien, non plus, sur un bureau semblable à celui de M. le codirecteur Lautensack. Quelques feuilles de papier, quelques fiches ; c'était tout.

– La belle ordonnance ! fis-je avec tiédeur.

Krantz répondit à mon arrière-pensée :

– Les domestiques ne manquent pas ici. Et puis... je ne travaille presque plus, depuis...

Il laissa, encore, sa phrase en suspens.

Nous étions seuls. Un silence complice nous enveloppait. Par les larges fenêtres, garnies de glaces d'une seule venue, je découvrais, dans son cadre de galeries, le solitaire jardin de gazon et d'ombrages, paisible comme un cloître riant. Tout portait aux confidences.

– Monsieur le professeur, dis-je, j'ai pensé à vous bien souvent, depuis ce déjeuner...

– Votre femme ? me demanda-t-il sous le coup d'un brusque signal de sa mémoire.

– Sauvée, Dieu merci !

– Ah ! C'est bien ! dit-il. C'est bien !... Car, moi...

Ses mâchoires puissantes se contractèrent. L'ombre s'amassa sur son visage, sculpté aujourd'hui dans un relief surpoussé qui en accentuait le singulier caractère. Et je vis, sauf erreur, un vertige d'épouvante le gagner.

– Vous, me dit-il âprement, *vous saviez* !

Il s'était assis sur une chaise – la première venue – et il me laissait voir, seul à seul, une physionomie terrifiante et terrifiée, des yeux inquiétants par leur inquiétude, le visage d'un Titan qui s'est senti petit tout à coup.

Je ne sais pourquoi, l'aspect tourmenté de ce masque, la sinuosité de cette bouche éveillèrent dans mon souvenir l'espèce de prophétie obscure que Krantz, avait énoncée jadis... Il me semblait que le professeur allait redire quelque chose d'approchant : des paroles aussi énigmatiques et non moins illimitées. Je reconnaissais – mais bien plus accusée aujourd'hui – l'expression absolument intraduisible qu'il avait prise, quatorze mois auparavant, pour laisser tomber du haut de sa distraction :

« Alors, le monde sera envahi par des ténèbres si épaisses que nulle lampe humaine ne pourra les vaincre et que toute clarté n'éclairera qu'elle-même. »

Contre toute crainte, contre tout espoir, il garda le silence. Et ce fut moi qui parlai, d'un ton volontairement tranquille et prosaïque.

– Oui, monsieur le professeur, je savais. Et j'ai bien gardé le secret. Mais je brûle d'apprendre maintenant où vous en êtes... Ces possibilités, dont vous m'avez fait l'honneur de m'entretenir...

– Ne sont plus des possibilités, dit Krantz en détachant les syllabes.

– Ah !... fis-je, incroyablement déçu et soulagé.

– Ce sont des réalités, dit-il à voix basse.

Un sursaut m'ébranla de la tête aux pieds. En même temps, l'attitude de Krantz, de ce vainqueur de la mort, m'ahurissait. L'horreur l'avait-elle donc atteint, lui aussi ? Lui !

– Des réalités..., repris-je. Des réalités... intégrales et démontrées ? Définitives ?

– La découverte. Dans toute sa certitude.

– Prouvée par l'expérience ?

Il inclina la tête. Affirmation.

– Mais... vos expériences, monsieur le professeur, vous ne les avez faites... sans doute... que sur... des créatures inférieures ?

– Sur l'homme.

Un frisson parcourut ma chair. Et, comme le professeur Krantz se taisait, je ne trouvai, dans l'instant, rien à dire qui s'élevât au niveau des circonstances. Je ne fus capable que d'émettre une sorte de râle...

Et, dans le silence qui se mit à peser, je regardai, par les fenêtres, cette cour-jardin qui faisait indubitablement partie du domaine de Krantz, où quelques individus falots venaient de pénétrer. C'étaient d'étranges promeneurs.

Leur maintien, leur allure décelaient de mystérieuses anomalies.

– Ceux-là ? questionnai-je en regardant tour à tour ces errants et le directeur de « Grunewald ». Sont-ce ceux que vous avez... sauvés de la mort ?

À cette minute, devant l'intolérable spectacle de ces êtres vacillants ou saccadés, trop lents ou trop prompts, je réalisai pleinement les innombrables risques de la prodigieuse invention.

Fumées ! Krantz me délivra sans délai de mon erreur et de mes chimères.

– Ceux-là ? dit-il avec un demi-sourire d'indulgence et de raillerie. Mais non ! Quelle idée ! Ce sont de pauvres aliénés. Rien de plus ordinaire. Soyez rassuré... Vous parcourriez « Grunewald » d'un bout à l'autre sans y rencontrer un seul malade, un seul patient dont j'aie fait un sujet d'expérience. En êtes-vous bien convaincu ?

– Je le suis... Mais où sont, alors, ceux dont vous me parliez tout à l'heure ? les morts que vous avez ranimés d'une vie artificielle, entretenue par des procédés physico-chimiques ?

– Ah ! fil Krantz, un instant soulevé à l'évocation de son rêve scientifique. Quelle entreprise, pourtant ! Tromper la mort. Insidieusement, la laisser accomplir son œuvre inéluctable et lui permettre d'arrêter le moteur de la vie, pour le remettre en marche aussitôt, d'une autre manière, mécanique, indépendante des vicissitudes fonctionnelles !

Il retomba dans une tristesse noire et m'inspira tant de compassion que je me rapprochai de lui, posant ma main sur la sienne.

– Où sont-ils ? redemandai-je très doucement, mais lanciné par une curiosité diabolique.

– Oh ! dit le professeur. Il n'y en a qu'un.

Alors, comme mon seul regard traduisait mon insistance et que, les yeux dans les yeux, j'essayais de convaincre de ma fidèle discrétion le professeur Krantz, le silence, encore une fois, ne fut troublé que par les murmures du dehors. Et, dans ce silence, mon oreille, attentive à la réponse du savant, perçut vers sa poitrine *le bruit métallique d'un tic-tac effrayant.*

L'instinct me rejeta en arrière. J'abandonnai la main de Krantz, comme si j'avais tenu jusque-là, sans m'en douter, la chose la plus repoussante de l'univers.

Il avait compris.

– Voilà, fit-il en fermant les yeux. Il n'y en a qu'un, et c'est moi. Vous n'ignorez plus rien, maintenant. Vous savez que je suis mort et néanmoins vivant. Vous savez que j'ai péri à mon heure et que, si pourtant je suis encore en vie au-delà du terme que la nature m'avait assigné, je ne dois le souffle qu'à l'application de la science – de *ma* science. Mon cœur ne bat plus de lui-même, mais au rythme d'une machine. Je suis pareil à un automate qu'on a remonté. Cela, vous le savez. Mais ce que vous ne savez pas – ce que je n'avais pas prévu, moi le savant, moi l'intellectuel insensible, c'est…

– L'horreur ! dis-je.

Krantz chuchota :

– Oui. Une horreur que je ne veux infliger à personne.

Il rouvrit les paupières, pour ma plus vive satisfaction. Sans regard, ses orbites m'apparaissaient béantes.

– Écoutez. Écoutez cela ! reprit-il d'un ton angoissé.

La pulsation, sèche, mécanique – infime dans le grand calme de « Grunewald » – battait régulièrement sa mesuré. Je ne savais rien des rouages qui conditionnaient l'appareil, je savais seulement que c'était là l'objet capital de la sensationnelle découverte.

– Voyez-vous..., dit Krantz sombrement, il y a des choses auxquelles le chercheur ne pense pas, tant qu'il cherche. Je croyais poursuivre le secret même de la vie, j'ai cru trouver la manière subtile de la relancer en nous... Ah ! Ah ! Orthopédie ! Et c'est tout ! Cette vie empruntée qui m'anime n'est plus la vie ! Qu'est-ce donc qui lui manque ? Il n'est pas en mon pouvoir de vous répondre avec exactitude. Ce que je puis dire, c'est qu'on ne peut pas revenir d'aussi loin, si peu de temps qu'on y soit resté. La nuit éternelle ne vous lâche pas comme cela ! On en garde, accrochés dans tout l'être, je ne sais quels lambeaux effroyables... Bien plus ! Je m'exprime mal. Quelque chose de soi – l'essentiel – y demeure incrusté ! Suis-je ici tout entier ? Non pas. Ici, vous ne voyez que le mannequin agité du professeur Krantz. Et, là-bas, je ne sais où – je ne sais dans quelle contrée noire – son âme, ah ! son âme...

Krantz, livide, la sueur au front, me faisait l'effet d'un damné.

– Lazare ! murmura-t-il en frémissant. Lazare !

J'étais moi-même égaré. La présence du savant me causait un malaise extraordinaire. Sa personnalité d'homme supérieur, exerçant les plus hautes fonctions, avait disparu pour moi. Je ne voyais plus en lui, soudain, que l'un de ces vivants scientifiques auxquels j'avais songé si fréquemment. Mais, à cette heure, ses aveux et ses lamentations venaient de porter à un point inimaginable l'espèce de répulsion que ses recherches m'avaient toujours inspirée. L'événement avait balayé sans douceur les quelques illusions que j'avais pu me faire sur sa découverte, quand rien encore n'était découvert et que tout flottait dans les limbes bénévoles de la possibilité. Ce que je réalisais, pour le moment, avec une émotion des plus désagréables, c'est que j'étais, entre ces quatre murs, dans la compagnie hors nature d'un homme que tout le monde prenait pour un vivant – et qui, à proprement parler, ne l'était pas. Selon les vieilles lois de la création, Krantz n'aurait pas dû se trouver là. Il confessait, d'ailleurs, ne s'y trouver qu'à demi. Et je sentais ma vie à moi, ma vie *vraie*, naturelle et légitime, protester, entrer en révolte, de la façon la plus inattendue et la plus violente, contre ce répugnant produit de fabrication illicite, cette contrefaçon de l'œuvre divine, ce frauduleux ersatz.

Aussi bien, une voix mal assurée me criait à l'oreille : « C'est un mort ! Krantz est un mort, et rien d'autre ! » Je n'avais plus qu'un désir : m'en aller au plus tôt.

– Un jour, dit Krantz, un jour prochain... j'arracherai cela de ma poitrine. Et tout rentrera dans l'ordre et le silence... Mais non ! mais non ! Je sais bien que je ne le ferai pas ! Pourquoi vais-je mentir ! Même ainsi, même ainsi... c'est vivre ! Et maintenant, ah ! j'aime tant la vie !... Chut ! On vient. Lautensack.

Il se ressaisit. Des pas rapides sonnaient sous la galerie. Le Dr Lautensack, ayant frappé pour la forme, ouvrit la porte.

– Ouf ! fit-il, attaquant allegretto. Je m'excuse encore ! Mais voilà cette fâcheuse besogne enfin terminée. Je suis de nouveau à votre dévotion, monsieur Semeur. Ne dites pas adieu à M. le professeur. Nous repasserons par ici, au retour.

J'en profitai pour quitter Krantz sur un simple mot. Lautensack m'épargnait la corvée de lui serrer la main – ce qui, présentement, ne me séduisait pas.

Et dire que c'était de *cela,* de cette horreur, que j'avais nourri mon plus cher espoir, pendant quelques jours de l'année précédente ! Fallait-il que la douleur m'eût aveuglé ! Fallait-il que j'eusse toujours été candide pour avoir vu dans les travaux de Krantz autre chose que l'horreur, encore et toujours l'horreur !

Immobile comme une statue farouche, Krantz nous avait regardés sortir. Et peut-être observa-t-il que ma démarche manquait d'assurance. Quand Lautensack et moi nous eûmes fait quelques pas au long des colonnes et que nous fûmes à une certaine distance du laboratoire, mon guide me dit à brûle-pourpoint :

– Ne boirez-vous pas un cordial, monsieur Semeur ? Vous êtes un peu pâle.

– Volontiers. Je vous avoue que... je ne me trouve pas très bien.

Un petit rire tremblota doucement dans la gorge du docteur :

– Je vois ce que c'est. Krantz vous aura mis l'esprit à l'envers avec ses affreuses histoires. C'est bien cela ?

– Oui. Mais... vous êtes donc au courant, vous aussi ?

– Qui ne le serait ! se récria-t-il. La palingenèse du professeur Krantz ! La résurrection du père Trompe-la-Mort !

– Le père Trompe-la-Mort ?...

– C'est un sobriquet dont les étudiants l'ont affublé.
Oh ! sans méchanceté !

– Mais... Mais...

– Prenons de ce côté. Je vous offrirai, à la pharmacie,
un joyeux verre de quinquina qui vous rendra des couleurs. Ce vieux Krantz est un effroyable compagnon.
Baïerlich n'arrive à rien avec lui. L'autre n'en veut pas
démordre.

– Baïerlich ? Le grand Baïerlich ? Quoi ! Baïerlich est
attaché à « Grunewald » ?

– Un peu ! C'est lui qui dirige l'établissement avec
moi.

– Mais... Krantz, alors ?

– Eh ! justes dieux ! Krantz n'est pas directeur !

– Qu'est-il donc ?

– Un malade.

– Vous dites ?

– La vérité, *cette fois*. Puisqu'il n'est pas là.

– Expliquez-vous. Si cela continue, ma misérable tête
va éclater.

– Depuis plusieurs années, le professeur Krantz
donnait des signes certains de dérangement cérébral. À la
fin, il a bien fallu l'interner.

– Mais… cette liberté, ces élèves qui l'écoutaient tout à l'heure si attentivement, et ce costume, et ce laboratoire ?…

– Monsieur Semeur, le professeur Krantz fut, en son temps, une lumière de la science ; il a attaché son nom à des études que l'avenir mettra en évidence et qui sont l'honneur de sa carrière, de notre nation, de l'humanité. C'est bien le moins que nous entourions de quelque amour sa déchéance et sa fin – que nous laissions au vieux maître vaincu par le travail l'illusion du prestige et de la liberté, dans ce quartier qui est celui des fous. Nos prévenances adoucissent son triste sort et le joug de l'idée fixe qui le torture. Nul ne voudrait le molester, et le plus badin de nos internes se complaît gentiment à l'entretenir. Cela le distrait. Sans compter que, parfois, une lueur de raison lui dicte des choses qui valent encore d'être écoutées et retenues. Vous savez, de reste, que l'Allemand, de sa nature, n'est pas frivole. Quant au laboratoire : un décor. Les flacons que vous y avez vus ne contiennent que de l'eau diversement teintée.

– Mais… voyons ! voyons ! Ce tic-tac, dans sa poitrine ?…

– Là, monsieur Semeur, nous touchons le fond de la misère. Vous connaissez ces grosses montres américaines…

Seigneur ! Ce n'est que cela ?

Que cela. C'est pitié. Il la porte à même la peau, persuadé que c'est la montre qui fait battre son cœur et marque les heures de sa vie.

– Quelle tristesse !

Je m'éveillais tardivement d'un cauchemar insensé, né de mes angoisses, entretenu d'abord par elles et qui, phénomène curieux, s'était éternisé dans mon imagination, après l'évanouissement des angoisses. Mais comme je comprenais quelle force occulte m'avait retenu d'en parler à qui que ce fût ! Cette force n'était autre que la sourde conscience de ma candeur, la secrète appréhension du ridicule. Il y aurait à écrire là-dessus des pages d'analyse psychologique... J'en laisse le soin à d'autres, plus ferrés que je ne le suis – et je reviens à « Grunewald ».

Le quinquina de la pharmacie n'était pas sans mérite. Sa générosité dissipa les derniers vestiges d'un trouble dont les éclaircissements du Dr Lautensack avaient déjà chassé le plus gros. Après cela, je pus couvrir sans défaillance les kilomètres que comportait l'exploration de l'immense hôpital et, le moment venu – c'est-à-dire vers midi – regagner avec placidité le pseudo-laboratoire du « père Trompe-la-Mort ».

– Pauvre bonhomme ! dis-je sur le seuil, en emboîtant le pas à Lautensack.

Mais celui-ci, à peine entré, se précipitait en avant.

– Qu'est-ce donc ? m'inquiétai-je.

Et je m'élançai derrière lui.

Krantz gisait, affalé sur sa chaise et contre une table. Le docteur s'empressait à l'examiner.

– Ho ! fit-il. Par exemple !... Mort.

Mon Dieu ! Se pouvait-il que ce beau visage, solennel et pur, fût celui du professeur Krantz, que j'avais vu pourtant si beau déjà, dans le passé ?

Lautensack répondit à mon étonnement sans même que je l'eusse exprimé :

– Nous autres, quand nous étions jeunes, nous l'avons connu ainsi.

Quel resplendissement, après le départ de la pauvre âme faussée !

– « La vérité, dis-je alors ex abrupto, c'est la recherche de la vérité. »

– Plaît-il ? fit Lautensack en se tournant vers moi, non sans anxiété.

– Pardonnez-moi, docteur. J'ai toute ma raison. Mais il me semble, quand je regarde Krantz, l'entendre me redire cette petite phrase si grande. C'est une chose qu'il m'a confiée, un jour, avec d'autres choses qui ne signifiaient rien, autant que je le présume.

– C'est vrai, dit Lautensack. Je me souviens aussi de cette heureuse maxime.

Les mains de Krantz serraient sur sa poitrine un objet assez volumineux.

– La montre, dit Lautensack.

Nous dégageâmes sans trop de difficulté le très gros chronomètre...

Puis cette histoire trouva dans l'ambigu le dénouement qu'il lui fallait.

– La montre est arrêtée ! dis-je. Et elle ne veut plus marcher.

– Hein ?

Le docteur s'en empara. Comme je l'avais fait, il l'approcha de son oreille. Comme moi, il tourna le remontoir, secoua l'engin... La montre, détraquée, restait inerte et muette.

– Eh bien ! Eh bien ! Drôle d'affaire... Drôle d'affaire,... ne cessait de répéter Lautensack. Voyez : elle a marché jusqu'à 11 heures... Jusqu'à...

J'achevai :

– Jusqu'à l'heure probable où Krantz a succombé, parbleu ! Cela, vous avouerez que c'est tout de même impressionnant !

Mais Lautensack réfléchissait.

– Halte ! fit-il en levant la main. Vous me feriez raisonner à contresens, ma parole !

– Comment cela ?

– Je ne nie pas – entendez-moi bien – je ne nie pas que la mort subite de Krantz n'ait été provoquée par l'arrêt de la montre.

– C'est donc prodigieux, docteur, tout bonnement !

– Attendez la suite... Je ne le nie pas. Mais les faits ne se sont pas déroulés comme vous semblez le croire. Krantz était convaincu que le cours de sa vie dépendait du mouvement de la montre. Eh bien ! C'est quand il a vu la montre arrêtée – c'est quand il a senti cela – qu'il est mort. Mort de saisissement. Et de logique. Tout ici-bas s'explique naturellement, monsieur Semeur. Et, comme disait si souvent le professeur, « il faut avoir pitié de tous. Même de... ».

– Oui, continuai-je, il le disait : « Même de... »

Mais, à l'exemple de Lautensack, j'en restai là. Nous avions consulté, l'un et l'autre, la sérénité reconquise du professeur Krantz. Elle ne s'accordait plus avec son rêve énorme et burlesque.